Manuel Matos

A primera sangre

Segunda Edición

Manuel Matoses

A primera sangre

Segunda Edición

Reimpresión del original, primera publicación en 1878.

1ª edición 2024 | ISBN: 978-3-36804-974-4

Verlag (Editorial): Outlook Verlag GmbH, Zeilweg 44, 60439 Frankfurt, Deutschland
Vertretungsberechtigt (Representante autorizado): E. Roepke, Zeilweg 44, 60439 Frankfurt, Deutschland
Druck (Imprenta): Books on Demand GmbH, In de Tarpen 42, 22848 Norderstedt, Deutschland

ADMINISTRACION LÍRICO DRAMÁTICA

A PRIMERA SANGRE.

PASILLO CÓMICO EN UN ACTO

ORIGINAL DE

MANUEL MATÓSES.

Estrenado en el Teatro de Variedades la noche del 13 de Febrero de 1875.

SEGUNDA EDICION.

MADRID
SEVILLA, 14, PRINCIPAL.
1878

)|

ADMINISTRACION LÍRICO-DRAMÁTICA

A PRIMERA SANGRE,

PASILLO CÓMICO EN UN ACTO

ORIGINAL DE

MANUEL MATÓSES.

Estrenado en el Teatro de Variedades la noche del 13 de Febrero
de 1875.

SEGUNDA EDICION.

MADRID
IMPRENTA DE DIEGO VALERO, SOLDADO, NÚM. 4,
1878

DEL MISMO AUTOR.

¡SIN COCINERA!—Juguete cómico en un acto.

¡UNA PRUEBA!—Idem, idem, idem.

A PRIMERA SANGRE.—Pasillo cómico en un acto.

NI TANTO, NI TAN CALVO...—Juguete cómico en un acto.

EL NÚMERO 107.—Juguete cómico en un acto, (escrito sobre el pensamiento de una obra francesa.)

SIN DOLOR.—Pasillo cómico en un acto.

A DIEZ REALES CON DOS SOPAS.—idem, id., id.

EL FRAC NUEVO.—Pasillo cómico en un acto.

EL TITIRI-MUNDI.—Revista cómica en un acto y en verso (inédita.)

ZARAGATA, *(fragmentos de la vida de un infeliz).*—Novela cómica; un volúmen en 8.º, 4 rs. en toda España.

AL INGENIOSO Y POPULAR ESCRITOR VALENCIANO

DON EDUARDO ESCALANTE

en humilde testimonio de muy sincero afecto y especial cariño,

El Autor.

PERSONAJES.	ACTORES.
FELIPA (24 años.) . .	Srta. D.ª Luísa Rodriguez.
PEPA (28 años). . . .	Sra. D.ª Aurora Rodriguez.
DON JUAN (50 años). .	Sr. D. Juan José Lujan.
RAFAELITO (20 años).	» Andrés Ruesga.
CATAPLUM (35 años.).	» Antonio Riquelme.
IGNACIO (35 años). .	» Mariano Martinez.
LUIS (19 años).	» José G. Chaves.
FELIX (19 años.). . .	» Salvador Lastra.

Epoca actual.

Entre las varias supresiones que algunos actores han hecho al representar este juguete, existen las que en esta segunda edicion van indicadas entre comillas, y que en mi concepto son aceptables.

Á PRIMERA SANGRE.

ACTO ÚNICO.

El teatro representa una alameda de los alrededores de
Madrid.—Bancos de piedra á derecha é izquierda del
proscenio.

ESCENA PRIMERA.

Al alzarse el telon está amaneciendo.—Pausa.—Llega CATAPLUM por
la izquierda con las manos metidas en los bolsillos y el cuello del ga-
ban levantado, fumando un cigarro puro que masca y revuelve en la
boca.—Da algunos pasos examinando el sitio.

CATAPL.   ¡Aquí debe ser! ¡Sí! este es el sitio. Allí está el
ventorrillo (derecha del actor); por ahí va la car-
retera (izquierda); desde aquí... (mirando con la mano sobre los ojos) sí; desde aquí se ve Carabanchel,
aquel pico debe ser el de la Catedral. ¡Perfec-
tamente! Juan é Ignacio no deben tardar; la
cita fué al amanecer, y ya está amaneciendo.
Yo he sido el primero en llegar; bien es verdad, que yo soy muy puntual en estas cosas.—
¡Maldito cigarro! A no ser yo ¿quién seria capaz de resistir en ayunas este infame revol-
ver?... (Pausa.)—¿Quién saldrá victorioso del
lance? El competidor de mi amigo Juan lleva
ventajas, es jóven, es apuesto, tiene así... cier-
to empaque, ¡debe tener más seguro el pulso!
En cambio Juan es más hombre, más formal;
«aquella barba en forma de barbuquejo ha de

»influir mucho en el ánimo de su contrario...—
»¡Valiente cigarro me estoy fumando de parte
»de mañana!—¡Cuánto tardan! Lo que yo no
»sé, es quién me mete á mí en estos líos, y...
»¡parece que el demonio lo hace! ¡No hay dis-
»puta, no hay cuestion en la que yo no dance!
»Puede decirse que soy el rey de.los disgustos.
»Y luego, tengo fama de buen padrino...»
(Pausa.) Lo que no me parece bien, es la eleccion
de armas que han hecho. El sable es más reac-
cionario; convengo en que se aviene mejor al
carácter caballeresco, pero... es más noble la
pistola; «pone en igualdad de condiciones á los
»dos combatientes; y luego, que un duelo á
»pistola es una discusion ordenada: Pim! pam!
»pim! pam! y... ¡cataplum! el que cae, cae.» El
sable es más traidor; porque ¿quién podrá, por
ejemplo, batirse conmigo que no lleve ya la
mitad perdida? ¡Así es que yo, ni me bato, ni
me he batido, ni me batiré! ¡Lo mismo es po-
nerme yo en guardia que temblar el contrario!... (Accionando.) Zis! zás! zis! zás!

ESCENA II.

CATAPLUM, D. JUAN, IGNACIO.

D. JUAN muy arropado, bufanda al cuello, mucho temor cuando habla,
y disposicion al llanto.—IGNACIO ligeramente vestido y con pobre-
za; el pañuelo le sirve de bufanda.—Trae dos espadas ocultas.

D. JUAN. (Sorprendido al ver á Cataplum.) ¡Cataplum! ¡Caramba! ¿se está usted ensayando?
CATAPL.   ¡Hola, señores! ¡bien venidos!
D. JUAN. ¿Hace mucho que espera usted? (Se sienta en un
banco con timidez.)
CATAPL.   No; acabo de llegar; á mí para estas cosas me
gusta la puntualidad.

IGNACIO.   ¿Me da usted un cigarrito?

CATAPL.   Puro... no; de papel...

IGNACIO.   ¡Venga! Yo no fumo puro desde que estoy cesante.

CATAPL.   ¿Hace mucho que cesa usted?

IGNACIO.   Mucho, muchísimo; ¡ya no me acuerdo de cuán-
do fuí empleado! Estoy á punto de creer que
nací con la cesantía en el bolsillo.

CATAPL.   ¿Qué tal, D. Juan? ¿Se ha descansado?

D. JUAN.   ¡Considere usted si puede descansar el que se
encuentra en capilla!

CATAPL.   ¡No tanto, hombre, no tanto! En estos momen-
tos es cuando hay que ver á los hombres...

D. JUAN.   (Compungido.) Pues mire usted: lo que en este
momento quisiera yo, es no haber nacido.

CATAPL.   No hay que apurarse; hemos de comernos con
tomate al contrario de usted. ¿No es verdad?
D. Ignacio.

IGNACIO.   Sí; pero llámeme usted Ignacio á secas, porque
un cesante no tiene derecho al don.

D. JUAN.   (Siempre compungido.) En buen lio me han metido
ustedes. ¡Yo que en mi vida me he visto frente
á otro hombre!

CATAPL.   ¿Qué quiere usted? Las leyes sociales... el honor...

D. JUAN.   Lo que yo digo es que usted se precipitó de-
masiado. Cuando el jóven aquel dijo: «Caballero, me dará usted una satisfaccion.» Le contes-
té yo con mucha cortesía: «Sí señor, le daré á
usted una disculpa, y otro sombrero...» Entonces se interpuso usted, amigo Cataplum, y...
¡con la mejor voluntad, no lo niego! (aumentan-
do su afliccion), dijo usted que en nombre mio
aceptaba el reto. Y... ¡aunque se hubiera usted
quedado mudo! Comprenda usted, amigo Cataplum, que aquello fué una ligereza...

CATAPL. (Enfáticamente.) ¿Y quería usted que yendo conmigo una persona á quien aprecio...? ¡Usted no
me conoce bien, D. Juan!

D. JUAN. No; no le conozco á usted más que del café, y
¡ojalá no le hubiera visto jamás de los jamases!

CATAPL. Bien; pero hoy le doy á usted una prueba de
amistad, ofreciéndome á ser su padrino...

D. JUAN. ¡Mejor quisiera que fuera usted mi padre! Pues
¿y lo precipitadamente que lo ha arreglado
usted todo?

CATAPL. ¿Y á qué perder el tiempo?

D. JUAN. Es que á mí se me figura que estas cosas, como
todas, requieren su tramitacion primero; con-
vencerse de que por mi parte ha habido inten-
cion de ofender, que ¡juro á Dios en mi vida
he ofendido á nadie á sabiendas!

CATAPL. Pero ¡caramba! ¿Tiene usted miedo?

D. JUAN. ¿Y por qué lo he de negar? Sí señor, tengo
miedo.

CATAPL. ¿Estando yo á su lado? ¿Siendo yo su padrino?...

D. JUAN. ¡Pero como quien expone la pelleja soy yo!

IGNACIO. (Tiritando.) ¡Caramba! ¡qué frio! ¿No tienen ustedes apetito?

D. JUAN. ¡Para apetitos estamos!

IGNACIO. (A Cataplum.) ¿Me da usted otro cigarrito?...

CATAPL. Puro... no; ¡de papel!...

IGNACIO. Me es igual. Un pobre cesante...

CATAPL. Pues aquí donde usted me ve, he tomado ya
parte en más de treinta desafíos. ¡Soy muy pe-
rito en duelos!

D. JUAN. ¡Ya se conoce! ¿Por qué no se bate usted por mí?

CATAPL. ¡Ah! ¡Si la cuestion fuera conmigo! ¡Ira de
Dios!—¿De qué dirá usted que me pusieron por
mote Cataplum? De eso mismo; no ocurre delante de mí una complicacion, sin que inme-
diatamente no me preste á resolverla.

D. Juan.   ¡Vaya un modo de resolver!

Catapl.   Y mire usted ¡soy el hombre más desgraciado!..
            De cada diez apadrinados, he perdido nueve.

D. Juan.   ¡Vírgen de la Almudena!

Catapl.   ¿Qué quiere usted? ¡La fatalidad, amigo mio,
            la fatalidad!

D. Juan.   Pues... ¡me está usted animando!

Catapl.   Pero... mire usted ¡una vez maté á uno!

D. Juan.   ¡Zambomba! ¡qué atrocidad!

Ignacio.   ¡Si era cesante hizo usted bien!

D. Juan.   Pero ¿le mató usted?

Catapl.   No, hombre, no. ¡Si yo no me he batido nunca!

D. Juan.   ¡Ya, vamos; es usted valiente de aficion!

Catapl.   Dije yo á mi amigo: Usted no espere á que el
            contrario se coloque en su sitio. En cuanto le
            den á usted la pistola, la dispara, aunque sea á
            boca de jarro. Lo hizo así y venció.

Ignacio.   Hombre ¡qué nobleza!

Catapl.   ¡A mí me gusta mucho la nobleza en estos
            casos!

D. Juan.   Ya... ya se echa de ver.

Catapl.   Yo soy muy terrible.—¡Otra vez matamos á
            otro!

Ignacio.   ¿De la misma manera?

Catapl.   No: entonces se llevó la còsa con todo rigor. Mi
            apadrinado estaba tal como aqui; (proscenio iz-
            quierda) su contrario allí (derecha). Tocó la suer-
            te de disparar primero á mi amigo, apuntó,
            hizo fuego, y un cabo del resguardo que pasa-
            ba tal como por allá (señala al foro), cayó mortal.

Ignacio.   ¡Buena puntería!

Catapl.   (Enfáticamente) Le habia estado yo ensayando
            toda la víspera.

D. Juan.   (Con interés) ¡Hombre! Ahora se me ocurre que
            yo no sé tener el sable; me van á matar impu-
            nemente; el lance debiera anularse...

CATAPL. ¡No puede ser! Un hombre no puede negarse á dar una satisfaccion con pretextos fútiles. Aparte de que no debe alentarse al contrario descubriéndole su superioridad. Esto es perjudicial.

D. JUAN. ¡Más perjudicial es que yo me meta en camisa de once varas!

CATAPL. Además, que ahora mismo voy á darle á usted unas cuantas lecciones, las más rudimentarias, para que pueda usted defenderse y atacar. ¡No crea usted que es difícil el juego del sable!

D. JUAN. Pero ¡como no vamos á jugar!

CATAPL. ¿Dónde han dejado ustedes las armas?

IGNACIO. ¡Aquí están!

CATAPL. ¡Ajajá! ¡No me disgustan las hojas! ¿Son toledanas?

D. JUAN. ¡No las he visto nacer!

IGNACIO. Sí; son paisanas de los albaricoques.

CATAPL. (A Ignacio.) ¿Las ha proporcionado usted?

IGNACIO. No señor. Yo fuí á pedir unas, y como soy cesante no me las quisieron dar; ¡creyeron que iba á suicidarme ó á empeñarlas!

CATAPL. ¡Buenas hojas! ¡Buenas! (Blandiéndolas.)—Pues mire usted, D. Juan: (hace muy exageradamente lo que dice) Con el sable se atacade tres modos: Así, (accion de pinchar) ¡Así! (corte vertical) y así! (corte horizontal).

D. JUAN. (Acongojado.) Es decir que mi contrario me puede matar de tres modos.

IGNACIO. ¡Y usted á él de otros tres!

D. JUAN. Sí; ¡pero lo que es yo!

CATAPL. ¡Ea! ¡Coja usted esa espada! Supongamos que tiene usted delante á su contrario. Una... dos... tres...

D. JUAN. (Acciona muy rudamente.) Una... dos... tres... Le pincho, le rajo, le corto...

IGNACIO.   (Aparte.) ¡Y á la sarten! ¡Menudo tute te van a
            arrear!

D. JUAN.   ¡Me parece á mí!...

CATAPL.   Contra estos siete vicios hay siete virtudes.

D. JUAN.   ¿Y contra no querer batirse? ¿hay algo?

CATAPL.   Para un hombre de honor nada.

D. JUAN.   ¡Por vida del honor!...

ATAPL.   Contra estos tres ataques, hay tres defensas;
            contra el ataque de punta, el quite de abajo
            arriba (hace lo que indica); contra el corte vertical,
            este quite formando un semicírculo con la
            punta del sable; y contra el corte horizontal,
            este otro semicírculo inferior.

D. JUAN.   ¡Mucha geometría me parece!

CATAPL.   ¡No señor! Mire usted; supongamos que me
            va usted á dar en la cabeza. ¡Venga el golpe!
            (D. Juan lo hace con parsimonia) ¡Cataplun! ¡Fuera!
            ¿Lo ve usted? ¡Tíreme usted al estómago!

IGNACIO.   (Aparte.) ¡A mí si que me tira este condenado!

CATAPL.   ¡Venga!... ¡Cataplum! ¡Fuera! (Con orgullo.) ¿Eh?
            ¿qué tal?

D. JUAN.   ¡Oh! ¡primorosamente!

CATAPL.   ¡Otra añagaza! Coge usted un puñado de tier-
            ra, la tira usted á los ojos del contrario, (D. Juan
            cierra los ojos creyendo que le tira tierra de veras, y Ca-
            taplum le pega un sablazo en el brazo izquierdo.) y
            mientras él se los limpia... ¡Cataplum!

D. JUAN.   ¡Ay! hombre, no me haga usted daño. ¡Qué
            modo de ensayarse!

CATAPL.   ¡Golpe seguro! ¿Lo ve usted?

D. JUAN.   Si... ¡lo veo y no lo creo!

CATAPL.   ¡Vamos á ver! ¡Defiéndase usted ahora!

D. JUAN.   (Aparte.) ¡Me matan! ¡vaya si me matan!

CATAPL.   ¡Ahí va la cuchillada! ¡venga el quite! ¡Cata-
            plum!... (D. Juan se retrasa y recibe el golpe en el bra-
            zo derecho. Tira la espada y se queja haciendo varias con-
            torsiones.)

D. JUAN.	¡Ay!... ¡ay!... ¡ay!...
IGNACIO.	(Parodiando.) Ahí va la cuchillada. ¡Cataplum! ¡Candela!
D. JUAN.	¡Ay!... ¡me ha roto usted el brazo!
CATAPL.	¡Eso no vale nada!
D. JUAN.	No; ¡comparado con lo que me espera! Debe anularse el lance... ¡ay!... yo no puedo... ¡ay!
CATAPL.	¡Imposible! ¿Qué dirian nuestros contrarios?
IGNACIO.	(A parte á Cataplum.) ¡Creo que tiene mucho miedo! ¡Debíamos llevarle á aquel ventorrillo y... (señal de beber) hacerle cobrar ánimos.
CATAPL.	(Aparte.) ¡Bien pensado!—¡Don Juan!...
IGNACIO.	(Aparte.) ¡Algo se pesca! ¡hace tres dias que no como nada!
CATAPL.	Don Juan: ¿vamos al ventorrillo aquel á entrar en calor un poco?...
D. JUAN.	Señores: lo que yo quisiera es que nos fuéramos á casa, quizás los otros se hayan arrepentido...
CATAPL.	Nuestro deber es esperar...
IGNACIO.	Sí, sí; ¡vamos hácia allá!
CATAPL.	¡No deben tardar mucho!
D. JUAN.	(Lloriqueando.) ¡Ay! ¡Petra mia! ¡Felipa mia! ¿volveré á abrazaros?
CATAPL.	¡Sí, hombre, sí!
IGNACIO.	¡No faltaba más! (Se van por el foro derecha.—Pausa.)

ESCENA III.

FELIPA, PEPA.

FELIPA entra precipitadamente, descompuesta, desencajada, con el velo ondeando.—Lleva una carta en una mano y un pañuelo en la otra. Al entrar escudriña todos los alrededores y vuelve precipitadamente al proscenio. PEPA (criada gallega) sigue á FELIPA con un paraguas grande y un libro de misa y hace los mismos movimientos que ella.

FELIPA.	¡Nada! ¡ni un rumor! ¡ni un rastro! ¡nada!...

— 13 —

PEPA.   (Aparte.) Esta señurita debe ser rumántica.
FELIPA.   ¡Ah! ¡Rafael! ¡Rafael mio!
PEPA.   (Aparte.) ¡Vamus! ¡Loca de remate!
FELIPA.   ¿Dónde estará? ¿Se habrá batido? ¿Habrá
          muerto?
PEPA.   ¡Señurita!
FELIPA.   ¡Ay Pepa!
PEPA.   ¡Pero señurita! Yo nu veo por aquí iglesia den-
          guna; habemus salidu á misa; estamus currien-
          do por estos campus...
FELIPA.   ·¡Ay Pepa! ¡Buena misa tenemos hoy!
PEPA.   Señurita: ¡Yo nu quiero condenarme!
FELIPA.   Y yo no quiero perder á mi Rafael.
PEPA.   ¡Buenu! ¡Que no nus perdamus dengunu!
FELIPA.   (Abstraida.) No; no quiero perderle, porque es el
          primero que viene con buen fin, y porque me
          ama; sí, tengo de su amor muchas, muchísi-
          mas pruebas... (Lee la carta.) «Si la implacable
          »suerte me arrebata del mundo, sabe que mo-
          »riré pronunciando tu poético nombre, ¡Felipa!
          »¡Felipa mia!...»
PEPA.   ¡Vamus! ¡Rumántica hasta las cachas!
FELIPA.   ¡Ah! ¡Rafael mio! Yo recorreré esta selva mata
          por mata, hoja por hoja... Yo me interpondré
          entre tu pecho y el arma enemiga... ¡Ay!
          (Transicion.) ¡Yo no puedo con tanto sufrimiento!
PEPA.   ¡Señurita! Si se desmaya ustez ¿qué hagu?
FELIPA.   (Sin atenderla.) ¡Cielos! (Mirando foro derecha.) ¡Un
          hombre á caballo! ¿Habrá visto algo? ¿Podrá
          darme alguna noticia? ¡Corro á preguntarle!
          (Váse corriendo.) ¡Caballero!
PEPA.   (Corriendo detrás de su señorita.) Pero... ¡Señurita!...

ESCENA IV.

RAFAELITO, LUIS, FELIX.

RAFAELITO sigue cabizbajo y silencioso á sus dos amigos.—Estos
hablan y accionan con desembarazo, que contrasta con el abati-
miento del primero, el cual suspira y llora á menudo.—FELIX trae
bajo la capa un botiquin y dos espadas que deja sobre el banco.

FÉLIX.	Creo que ya nos hemos separado mucho.
LUIS.	No; por aquí debemos esperar. Se dijo que entre la carretera y el ventorrillo. La carretera debe ser esa, y el ventorrillo... aquel.
FÉLIX.	¡Es raro que hayamos llegado los primeros nosotros!
LUIS.	*Sí, ¡porque lo que ese nos ha hecho esperar!...
FÉLIX.	¿Habrán tenido miedo?
LUIS.	Para ellos ha debido ser de mal agüero que uno de los padrinos de Rafaelito sea militar. Los militares somos temibles en estos casos.
FÉLIX.	No es extraño; ¡la profesion!...
LUIS.	Sí; puede decirse que nace uno pegando tajos y reveses...
FÉLIX.	¿Y te has visto tú ya en lances de estos?
LUIS.	Si... y no. Estando en el colegio, me reprobó un profesor y le desafié...
FELIX.	Y le matastes.
LUIS.	¡No quiso batirse! Dijo que yo era un monigote, y me metió en el calabozo.
FÉLIX.	¡Cobardía! ¡Cobardía atroz!
LUIS.	¡Psh! ¡El otro dia desafié á mi asistente y le pegué cuatro palos!...
FÉLIX.	¡Así me gustan los hombres!
RAFAEL.	(Suspirando.) ¡Ay!
LUIS.	(Volviéndose hácia donde está Rafael.) ¿Qué es eso, hombre? ¡Valor!
RAFAEL.	Sí; ¡ya lo creo! ¡Qué bien se ven los toros desde lejos!

LUIS.   Ya te he dicho que es preciso aparentar serenidad, fiereza.

RAFAEL.   ¿Y qué necesidad tenia yo de verme en este
caso?

LUIS.   ¿Y el honor, Rafaelito?

FELIX.   Rafaelito, ¿y el honor?

RAFAEL.   Pero hombre, ¿qué tiene que ver el honor con
mi sombrero de copa?

LUIS.   No; á veces una frase, una mirada, un gesto,
bastan para empañar la honra más brillante; y
la honra...

RAFAEL.   ¡Y lo convencido que estoy yo de que aquel
hombre no me queria ofender! Yo ví que se
sentó impremeditamente. ¡Qué cara puso cuando sintió el apabullo! ¡Con qué humildad
me dijo: «Sí señor; le daré á usted mis es-
cusas y otro sombrero.» ¿Qué más podia yo
pedir?

LUIS.   ¡Ah! Es que tú no conoces á esos viejos marru-
lleros. ¡Los hay que son más calaveras que algunos jóvenes!

RAFAEL.   Pero ¿por qué me habia de insultar si no me
conoce? Además, ¡si él me hubiera insultado
de palabra!... pero ¡un apabullo!...

LUIS.   ¿Te parece poco?

RAFAEL.   Pues hombre... ¡si he apabullado yo más sombreros!... y... ¡nunca; á nadie se le ha ocurrido
creer que le apabullaba la honra!

FÉLIX.   No todos saben cuidar de ella.

RAFAEL.   Francamente; debíais conocer que habeis obra-
do muy de ligero; pero ¡mucho! Sin vuestra
intervencion y la de aquel señor de los bigotes,
que tenia una cara de matachin...

LUIS.   ¡Una de las cosas que yo quiero tambien, es
apabullar á ese!...

RAFAEL.   Sí; ¡pero yo soy el que se bate!

Luis.	Despues de todo, yo estaba á tu lado; yo inter-vine, y cuando un militar toma parte en estas cosas... ¿Qué hubieran dicho mis amigos, mis jefes?...
Rafael.	«Y tus jefes, ¿qué tienen que ver conmigo?
Luis.	»¿Y te parece poca gloria la que te espera?
Rafael.	»¡Si yo maldita la gloria que necesito!
Luis.	»¡Presentarte ante la mujer amada con el brazo »en cabestrillo!
Rafael.	»¡Pobre Felipa! ¡Qué disgusto para ella!
Luis.	»Leer en los periódicos el relato del duelo, don-»de te llamarán distinguido jóven...
Rafael.	»No; pues mejor quisiera que no se ocuparan »de mí.»
Félix.	¡Vaya, vaya, Rafaelito, valor!
Rafael.	Pero, ¿no podria arreglarse amistosamente? ¿Decir que en un momento de arrebato le pedí la satisfaccion que ya no necesito?
Luis.	Rafael, ¡no lo intentes siquiera!
Rafael.	¡Qué amigos!
Luis.	¡De no batirte con ese hombre, te tendrias que batir conmigo!
Félix.	¡Y conmigo!
Luis.	¡Yo no vuelvo al cuartel sin decir que he apa-drinado á un valiente!
Félix.	¡Ni yo á la cátedra!
Rafael.	¡Bueno, hombre, bueno, me batiré... pero mire usted que tiene esto tres bemoles! ¡Déjese usted ensartar á sangre fria por un hombre que no me querrá mal!
Luis.	¡Cuánto tardan los contrarios!
Félix.	¡Miedo! ¡eso es miedo!
Rafael.	(Aparte.) ¡Ojalá, madre de los Desamparados, ojalá!
Luis.	¿Tienes arreglados todos tus asuntos? ¿Has escrito á tu enamorada sílfide?

RAFAEL. ¡Anoche mismo! ¡Pobre Felipa mia!

LUIS. ¿Y á tu familia? Porque debe prevenirse todo...

RAFAEL. ¡Ya, ya lo supongo! He escrito á mi pobre tia esta carta por si acaso me toca perder... (Saca una carta del bolsillo y lee.) «Mi querida tia: Me ale-»graré que esten ustedes buenos, con todos los »tios y primos; yo no tengo novedad.»—(¡quiá, friolera!)—«Tia: cuando esta carta llegue á ma-»nos de usted, ya habré dejado de existir»—(¡pobrecilla! ¡qué trago la doy!)—«Tia: mi pro-»pio sombrero me quita la vida. ¡Este es el »mundo, tia! Un hombre de bien me ha apa-»bullado el sombrero anoche y me ha matado »esta mañana. Yo no le queria mal, él no me »queria mal; los dos no nos queríamos mal, pero »el honor nos ha arrastrado á un duelo... (Solloza.) »Por los periódicos verá usted que me he ba-»tido como un valiente; pero no es verdad... »porque yo no lo he sido nunca y ménos hoy...» (Grandes sollozos que le impiden continuar.)

LUIS. ¡Vamos, Rafaelito, vamos! No leas ahora eso; ten serenidad. Mírame á mí, ¡ya ves tú si es-toy tranquilo!

FÉLIX. (Afectado.) ¡Y yo tambien!

RAFAEL. Sí; ya lo creo; ¿Qué perdeis vosotros en todo esto? ¡Nada, nada!

LUIS. ¡Vaya, hombre, vaya! ¡A ver si vienen los otros y te ven lloriquear y perdemos entonces la su-perioridad de ánimo. ¡Vamos á ver esas espa-das, Félix!

¡Oh! no las hay mejores en ningun Museo. Las hemos comprado anoche en una prendería, á tres pesetas una con otra. (Desenvuelven las espa-das y las examinan algo apartados de Rafael, mientras este dice enjugándose los ojos de cuando en cuando.)

RAFAEL. (Aparte.) ¿Llegarán á tiempo los civiles? ¡Si yo tuviera seguridad de que ha recibido con tiem-

2

po el aviso el Sr. Gobernador!—¡Porque le he
enterado de lo que ocurria, del sitio del duelo!... ¡No; que me voy á dejar matar como un
perro!... Y el anónimo era elocuente, que á veces tambien es elocuente el miedo; le he dicho:
«Deber es de las Autoridades velar por la vida
»de sus gobernados. Quizá á estas horas perez-
»ca un pobre padre de familia ó un honrado
»ciudadano...» ¡Dios mio, que haya llegado á
tiempo el aviso! ¡Venid en mi ayuda Vírgen
Santa, Sr. Gobernador!...

LUIS.   Dime, Rafael. ¿Te has ensayado algo para po-
nerte al corriente?

RAFAEL. Sí; he deshecho á sablazos una silla. ¡Ah! ¡Si
yo supiera que mi contrario se habia de estar
tan quieto como ella!

LUIS.   Todo ello no vale nada.

RAFAEL. ¿Qué ha de valer? ¡Maldita de Dios la cosa!
¡Como que el otro será manco!

LUIS.   En cinco minutos está todo arreglado. Te dan
tu espada, saludas, grita un padrino ¡En guardia!, se dan las tres palmadas y empieza el
duelo.

RAFAEL. Justo; y llegan los civiles, nos sorprenden, nos
llevan al Gobierno civil...

LUIS.   ¡Quiá, hombre! Los civiles no vienen á estas
cosas como no se les llame.

RAFAEL. (Con mucho interés.) ¿Y llamándolos vienen?

LUIS.   Sí; pero como no se les ha llamado, no vendrán;
lo que hace falta es que no olvides mis lecciones.

RAFAEL. No; para que el otro me deje en el sitio, no ne-
cesito saber mucho.

LUIS.   Procura tener bravura, serenidad, sangre fria.

RAFAEL. Sí; la sangre ya la tengo fria, casi helada.

FÉLIX. ¿A ver? Ahí veo venir tres hombres.

Luis.	¡Ellos son! ¡Animo!
Rafael.	(Aparte.) Creo en Dios padre todopoderoso y en el Gobernador de la provincia y en la Guardia civil.
Luis.	¡Eá! ¡valor, arrogancia! ¡que no te vean con esa cara de difunto!
Rafael.	¡Si no lo puedo remediar!
Félix.	¡Saca fuerzas de flaqueza!
Rafael.	Pero ¿cómo? ¡si las piernas me echan abajo!
Luis.	¡Chist! ¡que ya están aquí!

ESCENA V.

Dichos, D. JUAN, CATAPLUM é IGNACIO.

Al entrar los recien llegados corren los padrinos á estrecharse las manos y saludarse.—D. JUAN y RAFAEL quedan uno á cada lado del proscenio.

Catapl.	¡Señores! muy buenos dias.
Luis.	Felices, caballeros.
Ignacio.	Salud y fraternidad.
D. Juan.	(Aparte.) Sí; fraternidad á sablazos.
Félix.	Muy señores mios.
Catapl.	Nada tiene que ver, señores, que hoy nos veamos aquí reunidos para un acto sério...
Luis.	¡Muy serio! ¡Si señor!
Catapl.	...Para que quedemos todos amigos despues de cumplir con nuestro penoso deber.
Rafael.	(Aparte.) Penoso... ¡para nosotros!
Luis.	¡Claro! ¡No quita lo cortés para lo valiente!
Catapl.	¡Eso digo yo, y eso me ha enseñado la experiencia!
D. Juan.	(Aparte mirando á Rafael.) ¡Y tiene cara de ser un bendito!
Rafael.	(Aparte mirando á D. Juan.) ¡Si ese hombre no ha debido ofender á nadie en su vida!
Catapl.	Digo la experiencia, porque la necesidad me h

hecho ya tomar parte varias veces en lances de este género.

LUIS. Y á mí tambien; considere usted. ¡Soy militar!

CATAPL. (Mirándole con atencion.) Sí; ya lo considero.

LUIS. ¡Aunque postergado!

CATAPL. ¡Oh! ¡Esto no es país. (A Félix.) Y usted, ¿es primerizo en estos asuntos de duelo?

Sí señor; pero estudio para médico, y ya ve usted si con el tiempo...

CATAPL. Usted matará mucha gente... tiene usted cara de ello.

LUIS. (A Ignacio.) ¿Y usted? ¿es duelista?

IGNACIO. Yo... soy cesante hace más de treinta años; se cree que ya nací cesante; así es que estoy de duelo hasta el gañote, pero sin un bocado de pan.

LUIS. Eso es lo peor. Porque los duelos con pan... son menos.

IGNACIO. ¡Ah! Yo con pan no tendria ninguno.

(Observa Cataplum que D. Juan y Rafael están separados y yéndose hácia ellos los une volviendo á reunirse con los que estaba, quedando en el proscenio D. Juan y Rafael y los cuatro padrinos en el foro.)

CATAPL. Pero señores: no tiene nada que ver que vayan ustedes á romperse el alma para que antes se estrechen ustedes y saluden.—Entre caballeros no es el ódio tan rudo y fiero como entre las personas vulgares.—Háblense, pues, que ahora pasaremos á tratar de la cuestion que aquí nos ha traido. (Durante el siguiente diálogo demuestran D. Juan y Rafael la profunda pena de que están poseídos. Sollozan de cuando en cuando, se limpian las lágrimas, etc.)

D. JUAN. ¡Jóven!

RAFAEL. ¡Caballero! ¿está usted bueno?

D. JUAN. Sí señor; bueno, muy bueno; yo gozo de mucha salud por lo regular.

RAFAEL. Sí; parece usted una manzana.

D. JUAN. Pues soy... un camueso.

RAFAEL. Sea enhorabuena.

D. JUAN. Gracias. (¡Está bien educado!)

RAFAEL. No hay de qué. (¡Lástima de pulmonía fulmi-
nante!) (Pausa.)

D. JUAN. ¡Jóven!

RAFAEL. ¿Caballero?

D. JUAN. ¡Quién habia de decir que la suerte habia de
reunirnos en este sitio para una cosa tan...
tan...!

RAFAEL. Sí señor; ¡para una cosa tan triste!

D. JUAN. Eso es; triste. Y sin querernos mal, ¿eh? ¿Porque yo supongo que usted no me querrá mal?

RAFAEL. ¿Yo? ¡Calle usted por Dios! ¿Por qué habia de
quererle mal á usted, si en mi vida he tenido
el honor de verle?

D. JUAN. No; el honor hubiera sido mio.

RAFAEL. No, mio.

D. JUAN. Bueno; la mitad para cada uno.—¡Ya compren-
derá usted que si yo hubiera visto el sombrero!... ¿Cree usted que me habria sentado encima?

RAFAEL. ¡Claro está que no!

D. JUAN. ¿Qué ganaba yo con apabullar?... ¡Si yo no soy
sombrerero!

RAFAEL. No; ¡si yo no estoy resentido por aquello! ¡Ya
se sabe á dónde llega un sombrero!

D. JUAN. ¡Y aunque no se supiera! ¡Si estoy dispuesto á
darle á usted todos los sombreros que me pida!

RAFAEL. ¡Ya lo supongo! ¡Pero dicen que el honor!...

D. JUAN. ¡Ay jóven! ¡qué honor tan delicado tenemos
usted y yo!... ¡Y nosotros sin saberlo!... ¿No es
verdad?... (Lloriquea.)

RAFAEL. Yo no sabia que mi honor era así. (Llora tambien. Pausa.)

D. JUAN. ¿Tiene usted familia, jóven?

RAFAEL.   Sí señor, tengo mucha; pero aquí... no; mi familia está fuera!... ¡Ah! ¡Qué trago para mis pobres tios!...

D. JUAN.   ¡Y qué sorbos para mi mujer y para mi hija!

RAFAEL.   ¡Ah! ¿Tiene usted una hija?

D. JUAN.   Sí señor.

RAFAEL.   ¡Soltera tal vez!

D. JUAN.   Sí señor; no la he podido casar por más que he hecho.

RAFAEL.   ¡Pobrecilla!

D. JUAN.   ¡Cuando sepan en Cuenca mi desgracia!... porque yo soy de Cuenca. ¿Y usted?

RAFAEL.   ¿Yo? ¡Del ministerio de Fomento!

D. JUAN.   ¿Nació usted allí?

RAFAEL.   No; pero apenas nací me sacó mi tio un destino.

D. JUAN.   ¡Ah! ¡Usted debe tener suerte! ¡Nació usted de pié!

RAFAEL.   Sí; pero ahora quizá caiga de cabeza.

D. JUAN.   ¡Jóven! ¡Déme usted un abrazo por si la suerte nos separa! ¡Ay! ¡Siento mucho haber conocido á usted en esta ocasion!...

RAFAEL.   Lo mismo digo, caballero. ¡Me es usted muy simpático!

D. JUAN.   Gracias. ¡Si en algo puedo serle á usted útil!

RAFAEL.   ¡Ya lo creo que podia usted serme útil!

D. JUAN.   (Querrá nombrarme su testamentario.) Bueno, pida usted.

RAFAEL.   Caballero... usted tendrá ya sus cincuenta años cumplidos.

D. JUAN.   No señor; los tengo sin cumplir.

RAFAEL.   Bueno; es igual.—Usted ha vivido ya mucho, caballero.

D. JUAN.   ¡Quiá hombre! ¡Si estoy, como quien dice, en la flor de mi edad!

RAFAEL.   Sí; pero es una flor muy fea; luego.... que

	este mundo no encierra más que desengaños.
D. JUAN.	¡Y qué verdad es!
RAFAEL.	Bueno; ¡pues huya usted del mundo! Déjese usted pinchar y...
D. JUAN.	Jóven ¡no puede ser! ¡Tengo deberes en la tierra!
RAFAEL.	Yo amo á una mujer sensible; pero muy sensible.
D. JUAN.	¡Mal hecho! ¡No se debe amar á nadie!
RAFAEL.	Mi muerte puede acarrear la suya.
D. JUAN.	¡Lo siento mucho!
RAFAEL.	¡Va usted á matar dos pájaros de un tiro!
D. JUAN.	(Aparte.) ¡No; no caerá esa breva!
RAFAEL.	Porque yo no me he batido nunca.
D. JUAN.	Y yo no me he batido más que con mi mujer.
RAFAEL.	No sé ni siquiera tener el sable.
D. JUAN.	Yo tenerle si sé; pero eso no basta.
RAFAEL.	Crea usted que va á cometer un asesinato.
D. JUAN.	¡A buena parte va usted á parar!
RAFAEL.	Sí señor; yo soy muy desgraciado; pero mucho. ¡Déjese usted herir; se lo pido á usted por Dios! (Se arrodilla.)
D. JUAN.	Pues Dios le ampare á usted.
CATAPL.	(A los padrinos, y al ver á Rafael de rodillas.) Señores, señores, ¡que se nos enternecen! (Corre á separarlos.)
LUIS.	(Colocando á Rafael en el proscenio derecha, separándole de D. Juan.) ¡Rafael! ¿Y tu honor?
RAFAEL.	¡Si no le tengo! ¡caracoles!
CATAPL.	¡Vaya! ¡vaya! No perdamos el tiempo. (Se dirige á los combatientes que están cada vez más contristados.) Señores: Deber nuestro es, antes de dar principio á este asunto, invitar á ustedes á que desistan del lance.
D. JUAN.	Bueno; desistimos. (Va á echar andar y le detienen.
CATAPL.	¡Silencio! ¡Quieto ahí! Usted no tiene voz.

	ni voto. Yo soy el que aquí le represento...
D. Juan.	(Aparte.) ¡Maldita sea la hora en que te conocí! ¡Charlatan!
Catapl.	Nuestro deber es evitar el lance; pero yo, que represento al ofensor, reconozco en su nombre que el atropello...
D. Juan.	¡Si no fué atropello! ¡Si fué apabullo!
Catapl.	¡Silencio!... que el atropello es incalificable...
Luis.	En efecto; incalificable.
Catapl.	Ha habido, pues, ofensa.
Luis.	La ha habido.
Félix.	Sí señor.
Catapl.	Por lo tanto, sólo en el caso de que la parte ofendida se rebajara hasta el punto de perdonar...
Rafael.	Bueno; pues me rebajo; ¡abur! (Quiere irse y le detienen.)
Luis.	Tú te estás quieto y te callas, que yo soy aqui el que te representa. Serias capaz de dejarte arrastrar por la pasion... (A Cataplum.) Pues bien: mi apadrinado exige una reparacion cumplida...
Catapl.	Y mi apadrinado que es un caballero, la dará.
D. Juan.	(Aparte.) ¡Yo, que soy un caballero!
Luis.	Deploramos, pues, que no haya habido avenencia, y vamos á tratar de las condiciones.
Catapl.	Retírense ustedes. (D. Juan con su padrino y Rafael con el suyo, se retiran al foro, quedando en el proscenio Cataplum y Luis.)
Rafáel.	(Aparte.) ¡Y los civiles sin venir!
D. Juan.	(Aparte.) ¡Yo creo que me voy á desmayar sin querer!
Catapl.	Conque...
Luis.	A muerte. ¿Eh?
Catapl.	Hombre ¡me parece mucho!
Luis.	Sin embargo; el ultraje recibido...

CATAPL.	¡Qué demontres! Bien mirado el ultraje se arregla en una sombrerería con un par de planchazos.
LUIS.	Bueno; pues proponga usted.
CATAPL.	Yo creo que á primera sangre...
LUIS.	¡Calle usted por Dios! ¡Eso es poco! ¡A primera sangre! ¡Una sangría de una onza! ¡Eso es un refresco!
CATAPL.	Si quiere usted más, se les pone despues una docena de sanguijuelas á cada uno.
LUIS.	En fin; ¡no quiero que crea usted que soy terco! ¡Sea á primera sangre!...
CATAPL.	Las demás condiciones...
LUIS.	Las usuales en estos casos. Suéltos en los periódicos... anuncios misteriosos en la mesa del café; cubiertos de á veinte reales en la fonda de Perona, y... ¡qué paguen ellos!
IGNACIO.	Aceptadas.
LUIS.	¡Corriente!
CATAPL.	(A los otros que vuelven á colocarse como estaban.) Señores: el duelo se verificará á primera sangre. El que antes se sienta herido... que avise.
D. JUAN.	(Aparte.) Yo ni siquiera lo voy á sentir. ¡Estoy ya medio muerto!
LUIS.	¡Manos á la obra!—¡Pónganse ustedes en mangas de camisa!
D. JUAN.	¿Tambien eso?
RAFAEL.	Pero ¡si nos vamos á helar!
LUIS.	La ropa estorba mucho.
CATAPL.	Además de eso, á ustedes les toca oir, obedecer, callar...
D. JUAN.	¡Y morirse! porque el que no muera de un tajo, morirá de una pulmonía.
RAFAEL.	(Aparte.) ¡Vírgen santa, envíame dos civiles por el amor de Dios!
CATAPL.	Vamos á ver las armas.—Prepárese el botiquin.

Dispóngase todo. (La escena se anima.—Felix dispone el botiquin.—Ignacio ayuda á D. Juan á quitarse la ropa.—Luis hace lo mismo con Rafael y le habla al oido.—Cataplum examina las armas blandiéndolas, y cuando lo indica el diálogo, figura que se ha cortado un dedo, tira la espada, se mete el dedo en la boca y hace contorsiones.)

D. JUAN. (A Rafael.) Jóven; déme usted otro abrazo por si no nos volvemos á ver. (Se abrazan y lloran. Los separan.) (Aparte.) ¡Si hasta me parece que le voy cobrando cariño!

CATAPL. ¡Ea! ¡A sus puestos!—¡Ay! ¡Ay! (Tira la espada.) ¡Si son navajas de afeitar! (Se envuelve la mano con el pañuelo.)

D. JUAN. ¡Vaya un consuelo!

RAFAEL. ¡Sangre! ¡sangre! ¡Si era á primera sangre, ya hemos concluido!

LUIS. ¡Quiá! ¡eso no entra en cuenta!

CATAPL. ¡No vale nada! ¡Los hombres como yo!...

RAFAEL. (Aparte.) ¡Qué harán los civiles, señor; que harán los civiles!

CATAPL. Señores: ¡Cada uno á su puesto! Usted aquí... y usted aquí.—¡Vengan las armas! (Cada padrino entrega el sable á su respectivo amigo, saludándole al propio tiempo.—D. Juan se coloca desde luego extendiendo el brazo todo lo que puede y volviendo atrás la cara.—Las circunstancias del lance quedan al gusto del actor, que lo hace todo de la manera más exagerada, demostrando siempre un gran temor.)

LUIS. (Al entregar la espada á Rafael.) ¡Buena suerte!

CATAPL. (Idem id. á D. Juan) ¡Salud y fortuna!

D. JUAN. ¡Gracias!

LUIS. (A Rafael antes de ponerse éste en guardia y cuando ya lo está D. Juan.) Saluda á tu contrario. (Hace Rafael el saludo que antes le indicó Luis.)

CATAPL. (A D. Juan.) Salude usted á su contendiente. (Don Juan se mete la espada bajo el brazo izquierdo y se va hácia Rafael compungido.—Se deshace el cuadro y vuelven despues á colocarse como estaban.—Esto se repite las veces que el diálogo lo indica.)

D. Juan.   ¿Cómo está usted? ¿Y en casa?

Catapl.   No; no es eso; se saluda con la espada; ¡vuelva usted á su sitio!

D. Juan.   (Aparte.) Yo sí que te saludaria á tí... ¡bribon!

Luis.   ¡Ea! ¡En guardia! (Colócanse como antes. Rafael cierra los ojos y mueve la espada en todos sentidos.—D. Juan está quieto siempre é inmóvil.)

D. Juan.   «¡Una palabra, señores!

Luis.   »¡Vamos á ver!

D. Juan.   »(A Rafael.) Jóven; mi conciencia me obliga á »hacerle á usted una pregunta. Jóven, ¿tiene »usted hecho testamento?

Rafael.   »¡Si yo no tengo nada que testar!

D. Juan.   »(Muy afectado.) No; porque... podiamos apla- »zar... esto hasta mañana... y cumplir... con »ese requisito.

Luis.   »¡Quite usted, hombre! ¡Bueno fuera que es- »tando yo aquí!...

D. Juan.   »¡Yo soy hombre de honor!... ¡Ustedes mismos »lo dicen!...

Catapl.   »Al avío, D. Juan, al avío.

D. Juan.   »Nada, nada; ya he descargado mi conciencia, »que es lo que yo queria.

Luis.   »¡En guardia! (Vuelven á colocarse.)

Catapl.   »Han de avanzar ustedes más, porque no se »alcanzan con las espadas.

Rafael.   ¡Este hombre quiere que nos matemos!

D. Juan.   (Suspendiendo rápidamente y dirigiéndose á Rafael.) »¡Vamos!» ¿Quiere usted dos sombreros y se concluyó la cuestion?

Rafael.   Si yo por mi parte estoy conforme, si yo no quiero ningun sombrero!

D. Juan.   Entonces...

Luis.   No señor; aquí no se trata ya de sombreros, si- no de honra.

D. Juan.   (Aparte.) ¡Y dale con la honra!

Catapl.	La lengua debe ahora dejarse quieta; les toca hablar á los aceros. Con que... vamos. ¡En guardia!
D. Juan.	(Aparte.) ¡Novelero! ¡Farsante!
Luis.	Vamos, vamos, que nos van á dar aquí las doce, y puede pasar gente...
Catapl.	¡En guardia! ¡Señores en guardia!
Rafael.	(Tirando la espada y corriendo por la escena.) ¡Los civiles! ¡que vienen los civiles!
D. Juan	(Aparte.) ¡La Providencia! ¡la Providencia en forma de Guardia civil!
Catapl.	¿Por dónde vienen esos civiles?
Rafael.	No lo sé; por aquí, ó por ahí, ó por allá; por alguna parte. ¡Yo sé que no pueden faltar! ¡Son muy formales!
Luis.	Pero ¡si no hay tales civiles!
Rafael.	¿Quién dice que no hay civiles?
Luis.	¡Vamos, vamos!
Catapl.	¡Ea! ¡A sus puestos!
D. Juan.	¡Un momento, señores! ¡Déjenme ustedes decir una palabra á este caballero!
Catapl.	Hombre, ¿otra vez?
Luis.	¡Vaya, diga usted claramente que tiene miedo!
D. Juan.	¡Pues bien claramente lo he dicho! (A Cataplum.) ¿No es verdad que lo he dicho?
Catapl.	¡Pronto! ¡Esas dos palabras, y á concluir!
D. Juan.	«(A Rafael.) ¡Jóven!... ¡yo soy cristiano!
Rafael.	»(Compungido.) ¡Ya lo veo!
D. Juan.	»Pues bien; ¡puedo matarle á usted sin querer!
Rafael.	»¡Sin querer usted ni yo!
D. Juan.	»¡Justamente! Ninguno puede decir: «de este »agua no beberé.»
Catapl.	»¡Al grano! ¡Al grano!»
D. Juan.	¡Jóven! ¿me perdona usted si le mato?
Rafael.	No señor; ¡qué le he de perdonar á usted, si me quita la vida, que es lo que más quiero!

D. JUAN.   Señores: entonces no podemos continuar. Yo
            tengo mi conciencia que me está dando gritos...
LUIS.   ¡Pues mándela usted callar!
CATAPL.   «No, ¡si no le matará á usted!
D. JUAN.   »Hombre ¡quién sabe! ¡A veces uno!...
LUIS.   »Pero, ¿le parece á usted bien que tenga aquí
            »entretenidos tantos hombres formales con sus
            »observaciones y sus tonterías?
D. JUAN.   »¿Ha dicho usted tonterías? Hombre, ¡qué ton-
            »terias!
CATAPL.   »¡Basta de hablar! digo yo. A sus puestos y en
            »guardia. ¡Se acabaron las interrupciones!
D. JUAN.   »(Aparte.) ¡Ningun recurso me vale!
RAFAEL.   »(Aparte.) ¡Y los civiles, señor; qué se han hecho
            »esos civiles! ¡Qué autoridades tenemos!»
CATAPL   ¡Ea! ¡Silencio! ¡En guardia!
D. JUAN.   No, ¡no hay remedio! ¡Hay que vencer ó morir!
            ¡Una! ¡dos! ¡tres! (Parodiando la leccion anterior.)
RAFAEL.   (Dando tajos en todos sentidos.) ¡Zis! ¡Zas! ¡Zis! ¡Zas!
            ¡Zis! ¡Zas!
CATAPL.   ¡Ahora! ¡ahora! ¡Acérquense más! ¡más!...
            ¡más!...

ESCENA VI.

DICHOS, FELIPA, PEPA.

FELIPA.   (Dentro.) «¡Ah, infames!» ¡Rafael mio! (Aparece
            quedándose todos suspensos.)
D. JUAN.   (Aparte.) ¡Mi hija!
RAFAEL.   (Aparte.) ¡Felipa aquí! ¡Preciso es echarla ahora
            de valiente! (Con brio artificial.) ¡En guardia, don
            Juan!
CATAPL.   (Pretendiendo apartar á Felipa.) ¡D. Juan, ánimo!
FELIPA.   ¡Deteneos ó me desmayo!
PEPA.   (Aparte.) ¿Qué harán aquí estus hombres?

FELIPA.   (A Rafael.) ¿Serias capaz de desgarrar el pecho del autor de mis dias?

RAFAEL.   (Con gravedad.) Me ha destrozado la cabeza ¡digo! el sombrero.

D. JUAN. (A Rafael.) Pero hombre, ¿todavía insiste usted? Me parece que le voy á...! (amenazándole.)

RAFAEL.   (Retrocediendo.) ¡Eh! ¡eh! ¡que no vale!

FELIPA.   Padre, ¡quíteme usted la vida y salve usted la de mi Rafael!

D. JUAN. ¿Y quién es tu Rafael?

RAFAEL.   ¡Gente de paz!

D. JUAN. ¿Ese es tu Rafael?

FELIPA.   ¡El mismo! ¡y sin él no puedo vivir!

D. JUAN. ¿Es tu amante? ¡Le amas y ha desenvainado la espada contra tu padre?

RAFAEL.   Pero señor, ¡si ya sabe usted que yo me conformaba! ¡que yo no queria batirme!

LUIS.   ¡Cobarde! ¿Y lo declaras?

RAFAEL.   ¡Si señor! ¡Yo presentia que ese caballero era algo mio!

CATAPL.   ¡Señores! ¡Esto es perder el tiempo! ¡A las armas!

D. JUAN. Hombre, ¿se quiere usted callar?

CATAPL.   ¡Cómo! ¡Seria usted capaz de no quererse batir!

D. JUAN. ¡Y tanto como me niego! ¡Ea! ¡Se acabó! (Tira su espada.)

PEPA.   (Aparte.) Es la primera vez que se incomoda mi amu.

CATAPL.   (Cogiendo una espada.) ¡Señor don Juan!

D. JUAN. ¡No quiero batirme, hombre!

CATAPL.   (Encolerizado.) ¡Comendador, que me pierdes!

D. JUAN. (Escondiéndose.) ¡Detenedle! ¡detenedle! ¡que va á hacer una barbaridad!

CATAPL.   ¡Dejar feo á un hombre como yo! ¡Burlarse de Cataplum!

D. JUAN. Hombre, ¡no se ponga usted así!

CATAPL. D. Juan. ¡Elija usted padrinos entre los señores! ¡ahora mismo!

D. JUAN. Lo que elijo es que usted se vaya y que nos
deje en paz.

FELIPA. (A Cataplum.) Pero caballero, tenga usted en
cuenta...

CATAPL. (Cogiendo á Felipa de un brazo y echándola á un lado.)
Señorita... ¡á paseo!

RAFAEL. (A Cataplum.) Oiga usted, á esa jóven no tiene
usted que ponerla la mano encima.

CATAPL. ¡Basta! ¡Sé lo que quiere usted decir! ¡Elija usted padrinos entre los señores!

RAFAEL. (¡Está ella delante!) Sí señor, Sr. Cataplum,
¿qué se le ha figurado á usted?

FELIPA. ¡Padre! ¡Socórrale usted! ¡que me le van á
matar!

PEPA. (Aparte.) No; ellos van á hacer algo gordo!

IGNACIO. (Interponiéndose.) Señores: Ustedes dispensarán
que un pobre cesante tome la palabra. Señores:
¿qué ha sucedido aquí?... La verdad es que nadie tiene ganas de batirse...

CATAPL. ¿Cómo que no? ¡Eso es un insulto que no puedo
tolerar! ¡Caballero cesante: me dará usted una
satisfaccion!

IGNACIO. ¿Satisfacciones yo? Lo que haré es coger un sa-
sable y romperle á usted una costilla.

CATAPL. Hombre... ¡Quisiera verlo!

IGNACIO. ¿Sí? ¡Pues si yo no tengo nada que perder!
(Coge un sable para acometer á Cataplum, y se interponen
los demás evitándolo.)

CATAPL. ¡Mi honra por el suelo!

IGNACIO. ¿Qué honra ni qué calabazas? ¡Comprometedor!
Lo que es usted, es un charlatan, como el señor (á Luis), que han traido ustedes aquí dos
hombres engañados para que se zurren la ba-
dana, sin haber por qué ni para qué...

CATAPL.   ¡Oiga usted!...

LUIS.   ¡Oiga usted! ¿eso de charlatan lo ha dicho usted por mí?

D. JUAN.   ¡Ya se va arreglando el lio!

IGNACIO.   Sí señor, por usted ¿qué hay?

LUIS.   ¡Confiese usted que lo ha dicho en broma!

IGNACIO.   ¡No me da la gana!

LUIS.   Ya se arrepentirá usted.

FÉLIX.   (Con el botiquin que deja en el suelo.) ¿A quién hago la primera cura?

IGNACIO.   (Dando un puntapié al botiquin.) ¡Vaya usted á hacer curas al hospital!

FÉLIX.   ¡Caballero! ¡El que pega al botiquin me pega á mí!

D. JUAN.   ¡Tiene usted razon! (Va á pegarle y le detienen.)

FÉLIX.   ¡Nos veremos las caras! (Coge el botiquin y se va.)

IGNACIO.   ¡Vaya! ¡Todo se ha acabado! ¡Cada mochuelo á su olivo!

CATAPL.   Señor D. Juan (dándole en el hombro), esta noche á las ocho le espero á usted donde sabe. (Sale muy enojado.)

D. JUAN.   Bueno (con sorna.) ¡espéreme usted, señor de Cataplum!

LUIS.   »¡Yo les buscaré á ustedes el bulto! (Aparte.) »¡Haber anunciado en los periódicos que era »padrino y marcharme así!...

D. JUAN.   »¡Vaya usted de ahí! ¡Chisgaravís!»

ESCENA VII.

FELIPA, D. JUAN, RAFAEL, IGNACIO, PEPA.

IGNACIO.   (Aparte.) Yo me quedo. ¡Esta gente debe almorzar ó no hay justicia en la tierra!

FELIPA.   «¿Conque íbais á batiros? ¡Dios mio! ¿Y por »qué era ello?

IGNACIO.   »¿Por qué? ¡Por nada! ¡Por esto! (Apabulla su som- »brero.)

Rafael.	»¡Ni más ni ménos!
Felipa.	«¡Qué atrocidad!»
D. Juan.	Pero muchachos ¿de qué os conoceis?
Rafael.	La vi por vez primera...
D. Juan.	Al pié de la enramada. ¡Ya lo sé todo!
Felipa.	«Me declaró su amor escrito y por telégrafo...
D. Juan.	»(Aparte.) ¡Qué ganga!
Rafael.	»¡Oh sí! la amo...
Felipa.	»¡Me ama, padre mio!
Ignacio.	»¡Se aman! ¡Don Juan!
D. Juan.	»¡Sí, hombre, sí, estoy enterado¡ ¡Se aman! (A »Rafael.) Pero ¿con buenos propósitos?
Rafael.	»¡Como que le pido á usted ahora su mano!
D. Juan.	»(Que ha estado pensativo y echando cuentas.) De mo-»do... ¡que ya no nos batimos!
Rafael.	»¡Ya es imposible!
D. Juan.	»...Yo te pago un sombrero...
Rafael.	»¡Perdonado tambien!»
D. Juan.	...Me pides la mano de mi hija.
Rafael.	¡Con mil amores!
Ignacio.	¡Y almorzaremos juntos! ¿Eh?
Rafael.	¡Tambien pago yo el almuerzo!
D. Juan.	¿Tambien? Pues consiento. (Aparte.) «¡Pobre-»cillo! ¡Por todos lados sale perdiendo!» (Al público.)

Cada cual á su manera
suele, señores, vengarse.
Yo le dejo á éste casarse,
y es mi venganza más fiera.
Tambien el autor espera,
público amable y cortés,
que una palmada le des
perdonando su delito,
que reconoce contrito
de rodillas á tus piés.

TELON.

3

A LOS ACTORES

QUE HAN TOMADO PARTE EN EL ESTRENO DE ESTE
JUGUETE.

AMIGOS MIOS:

Aunque ofenda vuestra modestia, no quiero pasar por ingrato, no quiero dejar de cumplir con un imperioso deber.

Quiero por lo tanto que se sepa que os estoy á todos agradecido; quiero que tengan su natural distribucion los aplausos que del público hemos logrado, y quiero y os suplico que acepteis vuestra parte, ques es la mayor.

Sin la animacion que habeis prestado á mi pobre juguete, sin el cariñoso interés con que le habeis acogido, sin vuestra inteligente cooperacion, no hubiera yo logrado nada.

Permitidme, sí, que no dirija á cada uno de vosotros las frases que mi corazon me dicta, porque eso seria interminable.

Recibid, pues, en estas líneas, el más sincero testimonio de gratitud que os ofrece vuestro apasionado amigo,

M. MATOSES.

Todos los actores que posteriormente al estreno de este juguete han tenido la bondad de elegirle para su representacion, deben considérarse comprendidos en las anteriores líneas.

Creo que al buen desempeño de la obra, más bien que á su propio mérito, debo el éxito que en casi todos los teatros ha obtenido, y no me creo dispensado de hacer constar aquí esta opinion y de ofrecer á todos esta muestra de agradecimiento.

EL AUTOR.

4 Febrero 1878.